**How to keep
a mummy**
Kakeru Utsugi Presents

우츠기 카케루 지음

C o n t e n t s

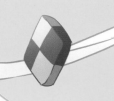

고오오오오

다음날 집에 돌아와 보니

코니 녀석, 왠지 모르게 화내고 있었습니다.

...

제22화 **첫 친구**

응?

휙

휙 휙

휙

무슨 일 있어? 기분 많이 안 좋아 보이네.

고오오오오오

도망가요

두둥

두둥

두 두 둥

빤히————

정말?

... 그런 일이 있어서 말이지.

빤히——

그러게.

꿈쩍도 안 하네.

모르겠어. 혼자 있으면 외로울까 봐 데려오긴 했는데.

인형이랑 놀고 싶었던 게 아니려나?

이 녀석은
전혀,
아무 생각도
없어
뵈는데

눈앞에
있는 게 뭔지
열심히
고민 중인 듯.

풍

스스슥

부들 부들

...   ...

...

끄덕

...

타다다다닷

투다다다다닷

어이,
그렇게 뛰다가
뭐라도 부수면
혼날 줄
알아!

왈

왈

다다다다닷

다치지
않게
조심히
놀아.

투다다다닷

타다다다닷

투다다다닷

다다다다닷

다다다닷

다다다닷

폴짝
폴짝

왈왈

요새
이 감독 거
좋지
않나?

어.

아아악

깍, 도망가!
자스민

↑
필수 없기 때문에
영화를 보기 시작함

10

어찌 되었든 간에 친해졌습니다.

몽실 몽실

이름?

응. 안 지어 줄 거야?

미이랑 같이 있으니 얌전해 졌잖아.

그리고 보니 꼬마 도깨비 이름은 뭘로 할 거야?

문질 문질

이름 따위 지을 필요가 ....

이름이 있어야 부르기도 편하지 않을까?

...

빤히

...

...

빤히

...그래.

알았어.

그리고 세 글자 정도가 부르기도 쉽고, 어감도 좋겠지.

응! 좋아!

그러면 익숙한 이름이 좋으려나?

응, 그게 좋을 거 같아.

이왕이면 외우기 편한 이름이 좋겠군.

응, 그렇네.

그럼 '다나카'로.

이름을 붙이고 싶은 마음이 없기 때문에 대충↗

어째서!!

아무리 그래도 이건 아니지!

타즈키.

잘 생각해 봐.

이름 후보 1번

'다나카'.

제23화 꼬마 도깨비의 이름

그럼 사토로 해야겠네.

다른 성을 붙인다고 되는 게 아니잖아?!

다나카는 성이잖아.

우리 반에도 다나카라는 애가 있다고.

왜.

빤히~

빤히~

그럼 이치로(一郎), 지로(次郎), 사부로(三郎), 시로(四郎).

왜, 그 다음은 고로(五郎) 라고 하지 그래.

그것도 싫으면 카시와기한테 지어 달라고 해.

꼬마 도깨비
↓
꼬깨비
↓
꼬비
↓
꼬니
↓
코니

. . .

꼬마 도깨비의 이름은 코니가 되었습니다.

굿

참,
카시와기.

응?

응?

그럼
내일 봐.

응.

투다닷

…이거.

응?
뭐야?

….

바스락

빽.빽-

싫다면서도
잘 키우려고
철저히
준비하고
있었잖아.

너라면
잘 알 것
같아서….

뭐야,
그렇게
쳐다보지
말라고.

* 꼬마 도깨비한테 밥으로 뭘 줘야 하지?
* 하면 안 되는 것은?
* 꼬마 도깨비가 좋아하는 것과 싫어하는 것
* 주의해야 할 것
* 다가게 하면 안 되는 것
* 알레르기 등
* 준비해 두면 좋은 것
* 단걸 먹여도 되나?
* 매운 건?
* 목욕시키는 법 (난리 칠 때의 대처)
* 평균 체중
* 건강한 건지 아픈 건지 판단하는 방법
* 뿔이 자라나고 바뀔 때 신경 써야 할 것
* 난폭해서 곤란하다

툭 툭

그렇게 혼자서 고민할 거 없잖아?

너 참 걱정이 많구나.

그냥 물어만 보는 거야.

무슨 일이 생기면 곤란하니까.

알았어, 알았 다고.

뭐, 그럴 땐 나도 있으 니까.

음, 코니의 밥은….

고마워.

아, 맞다.
그 녀석한테
먼저 들어가
있으라고
해야겠다.

오빠,
욕실
비었어.

응.

항상 물을
뒤집어쓰게
만든단
말이지.

목욕 후에
젖게 되는 광경

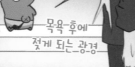

철컥

어이,
슬슬 목욕….

귀여운
구석도
있잖아.

얼마
전까지는
방치한
주제에

친해지니까
애정이
생긴 건가?

….

….

이 녀석을 쫓아낸다 한들,

아무것도 변할 게 없는데.

오래전, 우연히 만난 그 드래곤을

나는 카시와기 에게 보여줄 수 없었습니다.

문질

세근~ 세근~

'이름 따위
필요 없어',
'이 녀석이
눌러앉은
것일 뿐'
이란 핑계를
대며….

나는 단지
도망갈 구석을
찾고 있었을
지도.

깼어?

목욕하러
가자.

깜짝
놀라네

두군
두군

에
스
취
!!

이 녀석
에게
무슨 일이
생겼을 때

그 책임이
나에게
돌아올 것이
두려우니까.

깜짝

스윽

....

어이.

데굴

어이!

쿠우울

일어나.

쿠울

깬 거
다 알거든!
좀 전까지는
그런 소리
안 냈잖아.

설마.

일어나,
코니!

벌떡

스윽

으…,

너 참
귀찮게
한다.

난폭해.

....

....

도마뱀 이라니, 아직 2월인데 좀 빠르지 않나?

성질이 급한 녀석인가 보지.

타즈키, 네 책상 위에 웬 도마뱀이 ....

그러게 ....

빤히

제24화 도마뱀을 마는 방법

기웃 기웃 기웃

....

창밖으로 던져 버릴까?

드르륵

잠깐, 잠깐! 여기 2층 이야!!

뭐?

이거 가짜잖아.

응?

왜?

푸하하, 놀랐지롱.

빤히~

진짜랑 똑같이 생긴 장난감 이지롱~.

맞냉네

뭐야, 스즈키가 갖다 놓은 거였어?

엄청 쳐다 본다.

관심 있나?

이 엄청난 회사에 대해 말하자면~.

안 궁금해.

빤히~

뭐?! 궁금해 해줘!

즉답

엇.

엄청 진짜 같다.

응! 그게 이 회사 제품의 특징이지!

방 안에?
놓을 데가
있으려나.

방 안에
장식해
두는 건
어때?

둘

둘

이런
쓸모
없는
걸…

선물로 줄게

에이.

고…
고마워

필요
없어

둘 둘 둘

잘게 찢은 휴지

도마뱀인지
뭔지 더 이상
알아볼 수
없게 되긴
했지만.

그건 그렇고,
완전 잘
말았잖아?

미이라
니까요.

소곤

미이 군
신나
보이는데.

어…, 설마
도마뱀을
좋아할 줄은
몰랐어.

소곤
소곤

미이 군. 꼬리 쪽에 휴지가 풀렸어.

쿡쿡

핫

질질

다했어

다했어

그런데 코니 말야. 학교에는 안 데려와?

다시말기

코니를?

그런 난폭한 녀석을 데려왔다가는 나랑 코니의 인생은 끝이야.

그, 그러면 데려올 수 없겠네!!

왜 그래, 미이 군?

도마뱀 말기가 잘 안 돼?

질

흑... 흑

질

괜찮아, 연습하면 잘할 수 있어.

봐! 몸체는 잘 말려 있잖아!

꼬리는 같이 말아 볼까?

괜찮아

네가 부모 라도 되냐!!

여기가 어려운 듯

코니의 경우

야.

휘릭

철퍽

붕 붕 붕 붕 붕

추욱

제25화 감기 치료법

팽글
팽글

설마
감기
걸린
건가?

아침밥
차려야
하는데….

가읏 가읏

……
…….

…추워.

꽈당

왕

?!

흐느적
흐느적

비틀

조금 어지러워서 아침밥은 못 차릴 것 같아요.

미안.

응…, 그렇게 심하지는 않은데,

감기?

열은 재 봤…

응?! 안 열리네?!

감기라니. 몸 상태는 어때요?

옮으면 안 되니까 이쪽으론 오지 마세…

정말로 옮기기 싫다니까요.

내가 뭐 때문에 전화로 이야기 했다고 생각해요!

괜찮아요, 괜찮으니까 들어오지 마세요….

소라 군! 어떻게 된 거예요! 문 좀 열어 보세요!!

많이 아파요?!

일단 힘으로 못 들어오게 했습니다.

괴…한…?

카에데 씨는
이제
포기했나….

그러면
이참에
물을….

삐걱…

아…
카에데 씨에게
쓰레기
버려 달라고
얘기한다는 걸
까먹었네….

그러고 보니
오늘은
내 차례가
아니었던가?

팽글
팽글
팽글

팽글

팽글

팽글

타즈키
노트도
아직
안 돌려
주었고

쉬고 있을
때가 아닌데….
그렇지만
돌아다니면
감기만
옮길 테고….

이렇게 하면 절대 올지 않으니까 걱정하지 마세요!

그렇죠?
그렇죠?

슈욱—
슈욱—

놀라서 심장이 멎는 줄 알았어요.

카에데 씨가 메시지를 약 사러 보냈더라고. 갈 동안 너 좀 돌봐 달래서 왔는데,

......

......

... 타즈키?

응.

슈우욱

오자마자 이걸 주던데.

거절하지 못했다

응…. 좀… 미안.

조금 있으면 포치랑 미이 군 저녁 시간인데….

그리고 네 노트ㅇㅇㅇ

정말 너란 녀석은 …!!

탁탁

뭐 필요한 건 없어?

얼음 주머니라도 가져올까?

삐뚤어 졌다

괜찮아 ….

그것보다 타즈키…, 부탁이 하나 있어.

응, 뭔데?

46

젖은 수건

그러면
미이 군이랑
포치는
제 방으로….

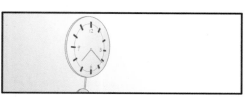

응,
고마
워요.

무슨 일
있으면
바로 불러야
해요,
알았죠?

타닷

도망

엇.

구석

괜찮아요,
카에데 씨.

포치만
데리고
가 주세요.

네….

……

…….

미이 군.

지금 소라 군은 열이 나서 아프니까.

얌전하게 잘 있어야 해요?

같이 놀아 주지 못해서.

...

미안해, 미이 군.

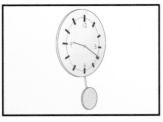

도리 도리

도리

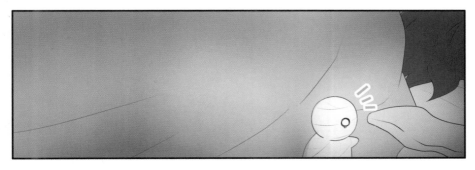

좋은
아침!

왜 젖어
있는
걸까?

벌떡

→ 건강해진듯

꿈
뻑

응?

미이 군,
왜 그러고
있어?
젖었잖아?

?

스윽 스윽

와블

열도
내렸고,

오늘은
마음껏
놀아 줄게,
미이 군.

타박
타박

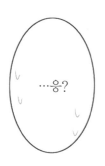

소라의 열은 하룻밤 만에 내렸지만

이번에는 미이 군이 감기에 걸렸습니다….

울쩍

지난번 감기에 걸려 열이 올랐던 소라.

제26화 **땅속이 좋아**

그래서 말인데….

하긴 뭐, 금방 열이 내렸다곤 해도 39도까지 올랐었잖아?

미이 때문만이 아니더라도 하루 더 쉬는 게 낫겠어.

우물우물

하루 더 학교를 쉴까 해.

네가 다 나으니까 이번엔 미이냐….

미이는 좀 어때?

계속 기침을 해서 괴로워 보여….

꿀꺽 꿀꺽 꿀꺽

뽕

뽕

일부러 전화해 줘서 고마워.

아니야…, 몸조리 잘해.

미이가 걱정되겠지만 너도 푹 쉬고.

꺼억

←

영차 영차

차ㅡ악

슬금 슬금

......
......

↑
이미 없음

네
맘대로 해,
그럼.

두 번 다시
돌아오지
말라고.

뽕

뭐,
됐어.

나랑은
관계없는
일이야.

터덜
터덜

이상한 생물

뭉게

하아―

휙 휙

그 녀석은 어찌 되든 상관없어.

드르륵

이번엔 또 다른 의미로 걱정이군.

카시와기가 없으니 심심하네…….

엄청 아파 보였는데 열이 내렸다니 다행이다만.

카미야 군, 안녕~.

안녕.

괜찮은지 좀 보러 가 볼까.

카시와기라면 지금쯤…

그건 그렇다 치고, 미이라도 감기에 걸리네.

아, 타즈키 군 안녕?

아아, 안녕.

카멜레온
↓

귀엽지!

미안하지만 파충류에는 흥미 없어.

스스키.

오! 과연 타즈키!

내가 갖다 놓은 걸 잘도 알아차렸네….

왜 들키지 않을 거라 생각하는 거냐?

꾸욱 꾸욱 꾸욱

......
......

......
......
…개?

라든가…

에에?!
그럼 뭐가
좋은데?

음?

오!

맞다!

타즈키!
개는 아니지만
이상한 생물의
사진을…

드르륵

어이—.
카미야
있냐?

카멜레온…?

카멜레온
이다…

시끌

오오!
개란 말이지?!
꼭 귀엽다고
하는 걸 듣고
말 테다!

그보다 그
카멜레온이나
어떻게 좀
해 봐.

다들
쳐다보고
있잖아.

무슨 일 생겼어?

스윽

응…. 그게, 사에키랑 츠츠이가….

무슨 일이야?

부활동 때문에 좀 상담하고 싶은데…. 지금 괜찮아?

털썩

쳇! 이상한 생물 사진 보여 주려고 했는데….

이상한 생물?

또 그 녀석들 이냐….

지금 부실에 있으니까….

….

이거 말이야, 이거.

전에 다나카 너한테는 보여 준 건데.

타즈키가 돌아오거든 보여 주면 되잖아.

응…. 뭐 그렇긴 한데…, 내가 잊어버릴 거 같아서….

CG가 아니라니까 그러네!!

아아… 그 CG 말이지?

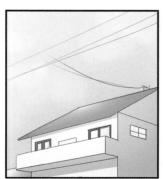

미이 군,

이대로 밖으로 나가면 정원인데….

흠.

일단은 미이가 하자는 대로 하긴 하는데….

휘이이이이잉…

안 돼! 감기인데 밖에 나간다니…. 추워서 되려 악화될지도 모른다?

끄덕 끄덕

….

지그시ー

뒤척…

부들 부들

지그시ー

그럼,

잠깐만이다.

···
이렇게까지
밖에 나가고
싶어 하다니
별일이네···.

스윽

스윽

미이 군,
역시 그냥
들어가는
게···.

추···,
추워!

휘이이이이잉

어쩌지…. 왜 저러는 건지 전혀 모르겠어….

탓

퍽퍽퍽퍽

잠깐만! 알겠어, 알겠다니까!

구멍을 파고 싶은 거라면 지금 삽 가져올 테니까….

멍

아…. 정원 한가운데에….

고… 고마워, 포치.

파바바바박

미이 군.

포치가 구멍을 파 줬어.

헥...

헥...

비틀

비틀

비틀

비틀

비틀 비틀

파바바바박

사악 사악 사악

어…, 어떡하면 좋지…?!

미이 군이 땅속으로 숨어 버렸습니다.

제27화 **미이 군의 신비**

하지만 자기 스스로 들어간 거잖아….

꺼…, 꺼내 주는 게 좋으려나?!

어쨌든 나올 때까지 기다려 보자….

어쩌면 금방 다시 나올지도 모르고….

조용…

미이 군, 땅속은 괜찮은 건가….

역시 밖은 춥네.

에이취

앗.
왜 그래,
포치?

집 안에서
기다리기로
했습니다.

휘익

휘익

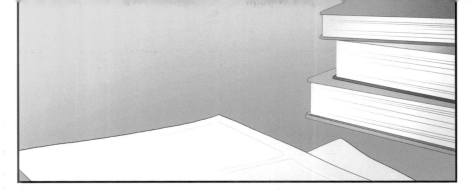

…

미이 군….

이집트나 미이라 관련 책에 아무런 정보도 없고,

아버지가 보낸 편지도 다시 읽어 봤지만 미이 군에 관한 이야기는 겨우 세 페이지 뿐이라….

팔락

괜찮을 거야, 포치.

미이 군이 나오길 기다리는 거야?

올록 올록

끄응…

헤실

점심밥…, 슬슬 준비해야겠다.

다 만들면 빗질해줄까?

멍

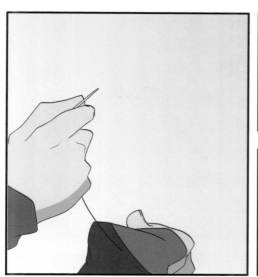

째깍
째깍
째깍
째깍

째깍
째깍
째깍

그렇게 걱정하지 않아도 괜찮을 거야…

이제 슬슬 나오지 않을까…?

있지…, 포치. 산책은 미이 군이 나온 뒤에 가도 될까?

끼웅…

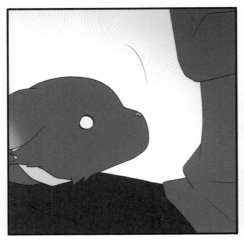

그러니까 괜찮아.

쫑긋

흙 속으로 들어간 것도 뭔가 이유가 있을 거야.

어쩌면 흙 속에서 몸을 치료하고 있는 걸지도….

미이 군은 미이라 니까….

할짝

그러니까 괜찮아.

그렇게 걱정 안 해도 될 거야.

헥 헥

미이라니까
괜찮을
거라고
생각했어.

어쩌면
좋지….

만…
약….

이러다
만약
미이 군이,

미…!

부ㄹㄹ

괜찮아?! 살아 있는 거지?!

미이 군?!

미이 군!

꼬륵

꼬ㄹㄹ륵

하···
하하
···.

기다려
봐.

금방
밥해 줄게.

배···,
많이
고파?

끄덕
끄덕

미이 군
새끼에

그렇
구나.

와삭 와삭

↑ 사과

냠냠

지저분

아까까지만 해도 그렇게 더러웠는데….

어라?

반짝 반짝

지금은 뭔가…, 깨끗해졌네?

흙 속에 들어갔다 나오니 감기도 나은 것 같고.

미이라는 참 신비하구나.

흥건

아

이상하다…. 밥 먹인 뒤에 씻겨야겠다고 생각했는데….

ㅈㄹ

반짝
반짝
반짝

라고 했었지….

붕대 매듭이 좀처럼 보이질 않네.

그러고 보니 전에 타즈키가….

….

잘 생각해 보면….

지금 보니 정말 붕대 끝이 안 보여….

괜찮아?

미이라니까 붕대 끝부분이 있는 게 당연한 것 같은데.

ㅈㄹ
ㄹ

어라? 타즈키! 학교에서 바로 온 거야?

아니, 일단 집에 들렀다 왔어.

미이 군에 대해서 아직 잘 모르는 것 투성이네….

띵동

미이의 상태는 좀 어때?

맞아, 잠깐 들어 봐, 타즈키!

미이 군 말이지, 흙 속에 들어갔다 나오니까 감기가 다 나았어!

너, 아직 열이 다 안 내린 거 아니냐?

흐응—.
그것 참
신기하네.

진짜라니까!
자기 스스로
흙 속으로
숨어 버리더니

다시 밖으로
나오니까
감기가 완전히
나아 있었어!

너라면
분명,

뭐 어쨌든
둘 다
괜찮은 것
같아서
다행이다.

미이가
감기에 걸린 게
자기 때문이라고
자책하고
있을 거란
생각이
들어서
말이야.

이제 막 나았는데 집에 혼자 있으면서

이런저런 걱정에 마음 약해진 건 아닌지 걱정했어.

뭐, 내가 너무 걱정한 건가?

하하!

응, 괜한 과잉보호라고 본다.

그래? 그럼 됐고.

걱정해 줘서 고마워.

뭘,

넌 가족이나 마찬가지니까.

어라?

혁…! 무슨 일 있어?

무서운 얼굴…

그러고 보니 코니는?

그 자식…, 아침 댓바람부터 집을 나가선.

ㄱㅇㅇ

에엥?!

찾지 않아도 돼! 내버려 둬.

진짜?! 얼른 찾아야지!

...

타즈키 ....

어차피 군식구 였고,

속이 다 시원해.

똑 똑

달칵

코니! 무슨 일이야!

이 잎들은 뭐고!

우수수 우수수

게타가 버섯모!

타박 타박

두 둥

한가득

끄덕

응?

저기…, 나한테 주는 거야?

털썩

미이를 위해 이것들을 찾으러 다녀온 거야?

설마 너, 아침에 전화로 한 이야기를 듣고선….

부웅

철썩

텁석

왜 나한테
던지는
건데.

괜찮아,
코니.

이것들은
잘 말려서
소중하게
간직할게.

가까워.
가깝
다고.

꼬덕 꼬덕 ♪

뭐…, 어쨌든 난 네가 괜찮은지 보러 온 것 뿐이니까 이제 돌아갈게.

응, 그래. 내일 학교에서 보자.

응.

조심해서 가.

….

도깨비 약은 만병통치라고들 하잖아?

코니가 캐다 준 약초니까 분명 좋은 약이 될 거야.

고마워, 코니.

…맞다,
타즈키.

그런 거
일일이
말하지 마,
좀…!!

역시
코니도
데리고
가는구나!!

'그런 건
그냥 좀
넘어가'
라고
혼났답니다.

알겠지, 미이 군?

갑작스럽지만

혼자 집을 보게 되었습니다.

울지 않고 집 볼 수 있겠지?

끄덕 끄덕

긴 바늘이 12를 가리키면 돌아올 거야.

짧은 바늘이 3,

미이에게 혼자 집 보는 걸 가르쳐 줘야 할 것 같은데.

어쩌다 이렇게 되었는지

집 보기?

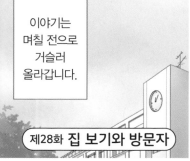

이야기는 며칠 전으로 거슬러 올라갑니다.

제28화 집 보기와 방문자

으음….
확실히 혼자서
집을 볼 수
있게 된다면….

하지만 이젠
3개월째니
일본 생활에도
어느 정도
적응했을
거잖아?

전부터
말하려고는
했는데,
미이가 일본에
온 지도 얼마
안 되었고
해서….

그러면
다른 사람에게
정체를 들킬
걱정도 없고
말이야.

앞으로도
계속 함께
살아갈 걸
생각하면
….

매일 학교에
데리고 올
필요도
없어지니까.

그렇지?

저기,
'도망간다'는
선택지는
없는 거냐?

그리고 또,
아빠가 보내 온
물건들과 싸워서
크게
다치더라도
안심하고
입원할 수
있을 거 같아.

조 용…

….

냠 냠

그럼 한번 연습해 볼까?

그래…, 그게 좋겠어.

네가 그 말 할 줄 알았다….

이런 생물들을 위한 전문 보육원이 있다면 얼마나 좋을까?

…즉, 이렇게 된 이야기.

포상

있지, 미이 군.

만약 울지 않고 집 잘 보고 있으면,

잘할 수 있을지 조금 불안함 ←

자기 전에는 언제나 독서 시간입니다.

?!

오늘은 자기 전에

동화책 두 권 읽어 줄게.

파아아앗

엄청 기뻐하네 ….

안절부절 안절부절

왔다 갔다

파아앗

그럼
다녀올게.

다녀오세요

얼른
갔다
오자…!

슈퍼까지
전력질주
했습니다.

만남

소라가
슈퍼에서
호박을
담고 있을
때에

다녀
왔~어요.

모테기의
집에는
누군가가
도착했
습니다.

타
타
타
타

무지
맛있어
보이지
뭐야.

훽 훽

있잖아,
엄마!
서점 앞에
크레이프
가게가 새로
생겼는데,

엄마
크레이프
좋아하니까….

으-응?

조용‥‥

크레이프는 엄마 오면 같이 먹어야겠다.

뭐~야! 바퀴벌레 같은 건 내가 잡아 버리면 되는데.

무진장 커서 무서웠어!

부엌에 바퀴벌레가 나와서 살충제 사러 다녀올게‥‥

팔랑

탁 탁

아!

크레이프 사느라 책 사는 걸 깜빡했다!

아빠 엄마 방

그러고 보니 뭔가 안 사온 거 같은데?

뭐지…? 뭘 깜빡한 거지…?

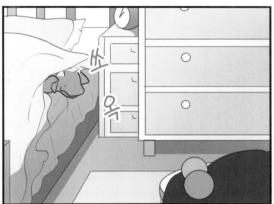

삐질
삐질
삐질

힐끔

도마뱀…?!

어~엄청 커다란
….

나왔다아아아

으아아아악

방에 있는 도마뱀 때문에 패닉 상태가 된 모테기.

제29화 **모테기의 진심**

오지 마!

좋아, 여유롭게 집에 도착 하겠다.

미이 군은 잘 있을까?

?!

어… 엄청난 소리.

뭐 하는 거지, 이 집….

응?! 모테기!

소…, 소라!!

아!! 죄송합….

왜, 왜! 무슨 일이야!

§◐&☎Φ%♪⊙Ω……!!

히— 히— 후—

그건 출산할 때 하는 호흡이고…!!

일단 진정하고 심호흡 좀 해 봐.

시! 시! 심호흡 …!

응, 응! 괜찮아! 부탁할게~.

잠깐 들어가도 괜찮아?

목 부러질 정도로 끄덕이지 않아도 되니까 진정해.

끄덕 끄덕 끄덕

도마뱀 싫어하는 구나?

여기가 모테기네 집이구나.

끄덕 끄덕 끄덕

너덜~

달칵

실례 합니— 다.

헉…?!

모테기….
분명
도마뱀이라고
하지 않았어…?

도마뱀이
쫓아
오는 것
같아서!!

그것
때문에 집이
이렇게
된 거야…?

무…
무섭다

아직
보지 못한
도마뱀이
불쌍해지려고
했습니다.

마침
집 앞을
지나던
소라와
마주쳐

소라가
도마뱀을
밖으로
쫓아 주기로
했는데….

커다란
도마뱀(추측)을
목격한
모테기는
현재 엄청난
패닉 상태!!

그러고 보니
모테기는
힘이 무척
셌지?

응….

응…?

혹시라도
갑자기
도마뱀이
튀어나온
다든지,

도마뱀이
완전
짜부
가 되어
있다고 해도,

하지만
….

근데
이거
혹시

신발장
아래에 이미
깔려 버린 건
아니겠지….

보고 싶지
않아…

제30화 드래곤과 꽃

123

……
…….

…….

꼬덕

그 침묵이
더 무섭다….

놀라서
거기 있는
신발장을
나한테
던지거나

나를
도마뱀한테
던지거나
하면 안 돼?

추우~욱

한편,
그즈음
미이 군은
….

추우~욱

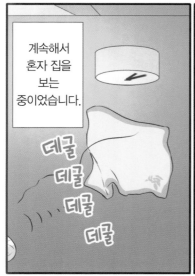

아니—, 안 보이는데?

이…, 있어…?

흐음….

뭐지? 이 오렌지색깔의….

응?

히잉—

….

뿅

모테기! 도마뱀이 혹시 얘를 말한 거야?

으아아!!

큐웅

?!

헐! 말도 안 돼?! 드래곤이다!

깜짝

!!

민끌

콰앙

모테기!!

기…, 기다려! 아직 마음의 준비가!

아파….

괘…, 괜찮아?

지잉 지잉

모테기, 이 아이는 도마뱀이 아니고….

으악?!

뿡

안절 부절

보아하니 이 아이는 모테기를 따르는 것 같고

모테기에게 드래곤이나 이런 생물들에 대해 이야기를 해야 할 것 같지만….

대기중

어쩌지…. 모테기가 이렇게까지 도마뱀을 싫어하는 줄은….

괜찮아?

통통

통통

파닥 파닥

총총

그럼 일단 같이 정리라도….

우선은 좀 진정시켜야 겠다.

이 아이, 뭔가를 무척 걱정하고 있는 것 같아서….

걱정?

응?

저…, 모테기. 혹시 손이나 무릎 다쳤어?

안절 부절

혹시 내가 걱정돼서 ....

쫓아온 거니...?

으....

끄덕

도마뱀이 아니래도....

아무리 도마뱀 이라지만, 네 이야기도 들어 보지 않고...!

으아앙

미... 미안!

걱정해 줬는데 도망치고 심하게 굴어서...

저…,

왜 그러는 거니?

…?

타박
타박

'너무 신경 쓰지 말아요'라고 하는 게 아닐까?

한 송이로는 부족하다고 생각했다

어? 뭐야?

꽃?

응?

싸악 싸악

뭐랄까… 이 아이, 모테기를 무척 좋아하는 거 같아.

모테기의 기운 없는 모습이

신경 쓰여서 내버려 둘 수 없나 봐.

응?
왜 그러니?

잘 됐다.

도와주는
거야?

넌 정말
상냥한
도마뱀
이구나.

괜찮아?
답답하지는
않니?

꼬물
꼬물

그럼
이 가방에
들어가 있자.

알았지?

제31화 **숨어서 지내는 이유**

모테기가
집 정리를
마친 후

나는
그 아이가
드래곤이란
것을
설명해
주었습니다.

반신반의
하면서도
관심을 보이는
모테기에게

더 자세히
얘기하기 위해
우리 집으로
가기로
했습니다.

소라네 집은
처음이야ㅡ.

조금 먼데,
괜찮겠어?

응!

아, 맞다.

집에 학교 친구 한 명 더 불러도 될까?

응, 물론이지!

그 친구에게 드래곤을 보여 주고 싶어서 말이야.

예전부터 엄청 보고 싶어 했거든.

어…?

저건 소라가 항상 학교에 가지고 오던 인형?!

움찔

다다다다다

멍

실례하겠습니다.

이 슬리퍼 신을래?

아! 고마워.

빼꼼

움찔

움찔

움직일 수 있는 거야?!

꾸물 꾸물

이유

미이라랑 드래곤 같은 게 실제로 존재할 줄이야….

슬금 슬금 슬금

미이 군 달래는 중

울지 마, 응? 집 잘 봤어 착하다, 착해

미안, 미안 놀랐지?

울지 울지

토닥

갓파? 늑대 인간?!

이외에도 있어.

갓파나 해태, 늑대 인간 그리고….

믿어 줘서 다행이야.

오히려 동화책에나 나올 법한 이야기같아서 설레는걸!

눈이 반짝반짝 거려….

응, 있어. 아주 옛날 이지만….

갓파가 진짜 있어? 만나 본 적 있어?

우~아

다양한 종족이 여기저기에 살고 있어.

사람들에게 알려져 있지 않을 뿐, 동물이랑 똑같아.

왜 숨어 지내는데?

으음... 썩 유쾌한 이야기는 아닌데....

보통은 인간들로부터 숨어서 지내니까.

하지만 이 사실은 되도록이면 비밀로 해 줘.

상상 속의 생물이 실제로 존재하는 게 알려지면, 분명 모두들 패닉 상태가 되겠지?

당연히 텔레비전이나 신문에도 나올 테고,

그러면 이 아이들을 잡으려는 사람들이 있을 수도 있으니까.

미이 군은 어떻게 소라네 집으로 오게 된 거야?

응?

우리 아버지는 자칭 '모험가'라서 이런 생물에 대해서는 해박하시거든.

미이 군이 스스로 우리 집에 온 건 아니…

아버지가 미이 군을 보내 주셨어.

데굴데굴

아우 아우

아, 미안…. 이야기에 너무 집중해 버렸네.

자, 먹어 봐.

아! 응, 고마워. 잘 먹을게.

….

소라 …?

핫

….

슈크림
무척
좋아해.

그래?
잘 됐다.

미이 군은
어째서
일본으로
오게 된
걸까?

아버지의
편지에는
'재미있는
미이라를
발견했다'고만
적혀
있었으니까,

미이 군의
의사와
상관없이
보내진 게
아닌가
싶지만….

만약 그게
사실이라면
미이 군은
어째서

이집트에
돌아가고
싶어 하는
기색조차
없는 걸까?

그런데 처음 돌려보내려고 할 땐 무척이나 싫어했었어….

부비 부비

있지, 소라.

이집트에는 미이 군의 친구들도 많이 있을 텐데.

게다가 이렇게 외로움을 많이 타는 성격인데 억지로 고향을 떠나온 게…

과연 괜찮은 걸까….

분명 무척 좋아하겠지.

타즈키.

그리고 보니 아까 말했던 친구는 언제 와?

아…! 응.

지금 막 아르바이트가 끝났을 테니까 이제 곧 올 거야.

터벅 터벅

캬오—.

메—

날뛰는 말이닷—!

말인데 메— 라니….

둘 다 잘 잡고 있지?

간다 —?

좀 더

좀 더

그래, 그래.

놀아 줘서 고마워.

이런 것쯤이야!

재밌어!

제32화 너한테는 말 못 해

어릴 때부터 친구였 으니까.

두 사람은 학교 밖에서도 친하구나?

지금 온다는 친구가 같은 반의 탓짱 이지?

타… 탓짱?

응, 타즈키 야.

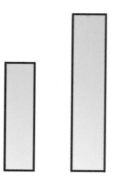

딩 동—

왔다!

응! 그건 오면 보여줄게! 기대해!

보여 주고 싶은 거?

보여 주고 싶은 게 있는데.

우리 집에 올 수 있어?

아…, 지금 막 끝나서 집에 가려고. 무슨 일이야?

아! 타즈키? 오늘 아르바이트 있어?

싱글 싱글 싱글

누구 눈?

타즈키 눈.

…뭐?

웃는 낯으로 대체 뭘 하려는 거야?

응? 눈 가리기.

…라고 해서 왔다만.

눈을 감으면 되잖아.

보여 줄 게 있는 곳까지 안내할게..

내가 네 눈을 가리는 게 아니고?

묶는 건 너보다 내가 더 잘할 것 같은데.

그건 그런데, 누가 잘하고 말고가 문제가 아닌 걸.

타악

빼꼼

보이 겠냐!

그렇지만 타즈키 시력이 엄청 좋으니까,

눈 감고 있어도 주변이 보일 수 있잖아?

다행 이네.

참, 오늘 카에데 고모 빨리 올 수 있대.

올 때가 됐으니 보고 가면 되겠다.

빠직

잘 됐네.

아파!

자, 이걸로 됐지?

그럼 절대로 눈 뜨면 안 된다?

됐다고 할 때까지.

응.

타즈키, 이제 눈 떠도 괜찮아...

그렇게 보여 주고 싶다는 게 도대체 뭐길래?

기쁜 일이라도 생겼나?

오늘따라 유난히 기분이 좋구만...

...슬쩍

왜 모테기가 여기에 있는 거야...?

그게 말이지ㅡ.

아! 진짜 탓짱이네!

타즈키도 직접 보는 건 처음이지?

모테기네 집에 있었어!

드래곤이야!

후웅 후웅

짜자~안!

드래곤은
희귀종
이니까

설마하니
이런 동네에
있을
줄은…

맞지
…?

상상했던
것보다는
작네.

처음 봐서
그런지
조금
놀랐어.

아…,
미안.

타즈키
…?

핫

어이, 코니.
드래곤이랑도
사이좋게….

터~엉

여기저기
상처가….

응, 맞아. 타즈키네 아이야.

식객이다!

우다다다다

있지, 저 아이는 도깨비야?

스윽...

....

우다다다다
와아- 다
와아- 다

그렇게. 없으면 불편하니까. 그동안 코니 좀 부탁할게.

...어라?

어? 그거 큰일이네. 가지러 갔다 올래?

어?

아르바이트 하는 곳에 휴대폰을 두고 왔나 봐.

분명 아까 나랑 통화 했는데….

타즈키…, 아까부터 왜 그러는 거지?

….

무슨 사정이 있겠지, 뭐….

말 안 하는 거 보니 별로 말하고 싶지 않은 것 같고 말이야.

모르는 척하자.

코니는 걱정 말고 빨리 다녀와.

조심히 다녀와.

응, 미안.

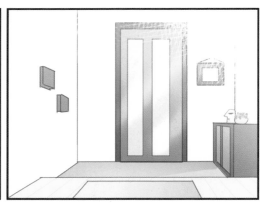

일단 카에데 씨에게….

슥

슬슬 카에데 씨가 돌아온다고 했었지.

카에데 씨, 잠시 저랑 이야기 좀 하실래요?

어서…,

어라…?

타즈키 군.

드래곤?

몸에 상처가 있었어요.

아마 이유가 있겠죠.

어…, 어…? 무슨 일로…?

카시와기가 드래곤을 데리고 왔어요.

카에데 씨라면 그 생물들이 '숨어 사는 이유'를 아실 거라 생각해요.

하지만 그 녀석은 몰라요.

그러니까 지금 이런 이야기를 할 수 있는 건 카에데 씨밖에 없어요.

그러한 사람이 이미 있다는 사실을 알고 있는 건

카에데 씨밖에는 없으니까요.

'알려지면 모두 패닉 상태가 되니까',

'잡으려는 사람들이 나올지도 모르니까'.

카시와기는 그렇게만 생각하고 있어요.

….

타즈키 군,
설마….

그런
사람을

만나 본 적이
있는 건가요?

카에데 씨에게
부탁드리고
싶은 것이
있어요.

카시와기
일로요.

〈미이라 사육법〉 4권으로 이어집니다.

뭔가
답례를
해 주고
싶은데
뭐가
좋으려나?

그건 코니가
약초를
캐 온 날로부터

수일이
지난 후의
이야기.

코니가
모처럼
약초를
가져다
줬으니,

포근

띠
구
르
르

장인의 영역

말이 초밥?

응!

이전의 약초 답례로.

달칵

덥석

나는 이 녀석하고 딱히….

…아니,

자, 자. 그렇게 말하지 말고.

그리고 코니와 더 친해지고 같이 싶으니까. 만들면서 친해지자고!

이런 걸 만들 수 있다고!

재밌겠지!

내가 생각하던 말이 초밥이랑 너무 다른데.

이건 예술 아니냐

이런 거 라든지,

이런 거나,

저런 거!

카시와기는 왜 저렇게 잘하는 거야….

….

너덜 너덜

이런, 힘 조절 하는 게 어려운 거지?

그것보다 미이를 살펴…. 분명 코니보다 시간이 걸리겠지.

같이 말자.

왜 저렇게 익숙한 거냐!!

둘 둘

휙

오, 꽤나 잘

했....

끄떡

아,
다 말은
건가.

뿅
뿅

....

실패의 산

갑자기
뭘....

어이,
뭘 할
생각이야
너.

꾸욱~

진짜
솔직하질
못하네.

...뭐,

잘 먹었
습니다.

솔직하게
잘했다고
말해 주면
좋을 텐데.

끄떡

↖ 가장 좋은 걸 주고 싶었던 것 같다

타즈키가 코니, 내가 미이 군을 만들었어요

이거는 타즈키랑 내가 주는 선물이야.

짠!

와아아아

….

….

합

끄덕

….

….

… 잘됐네.

합

냠냠

질질

우아아아

응, 응. 그래, 그래.

울 줄 알았어, 미이 군.

뭐 하는 거야 나…. 결국 친해지고 있잖아.

남 남

알겠으니까 천천히 먹어.

끄덕

타 타탓

…뭐.

오늘만이라면 상관없지 않을까.

입에 밥풀 묻었어.

물 마셔 가면서 먹어.

꿀꺽

꿀꺽

꿀꺽

NOTE BOOK

관찰 노트

3

미이 군용

&코니용

How to keep a mummy
Kakeru Utsugi Presents

작은 도깨비의 이름이 지어졌다!

이름은
코니

신장 : 아마 **13cm** 정도
몸통 둘레 : 잴 수 없었다
체중 : 잴 수 없었다...

체중을
재려고 하니
엄청나게 움직인다!!!

흔들 흔들

몸통 둘레를 재려고 했더니
이번에는 줄다리기를 (웃음)
장난꾸러기네 ♪

아무리 더러워도
붕대가 금방
깨끗해지는 것을
발견!

깨끗해 보여도
진흙 놀이한 후였다.
그래도 우선 목욕은 시켜 주었다.

미이라는 정말 신기하다고
생각했는데,
잘 생각해 보면 나는 미이 군에 대해
아는 게 거의 없다….
조금씩 여러 가지를
알아 가면 좋겠다….

진흙투성이

멋진 성을
만들었구나!

미이라 사육법
How to keep a mummy

comico 독자분들로부터 <미이라 사육법>에 대한 질문을 받았더니
1,000건 이상의 많은 질문이 들어왔습니다!
여기에선 각 주인공들이 질문에 대답해 주었답니다!

소라가 답해 드려요 !!

Q. 미이 군이 가장 좋아하는 음식, 싫어하는 음식을 알려 주세요! (보탄 님)

미이 군이 좋아하는 건 역시 **사과**일까?
케이크라든가 과자 같은 **단 건 못 먹는** 것 같고, **과일이라면 다** 잘 먹어요.

Q. 미이 군이 좋아하는 놀이는 무엇인가요? (히로유키 님)

좋아하는 놀이는~, 음…. 때에 따라 다른데요 예전에는 혼자
그림책을 넘기는 걸 좋아했지만, 요즘에는 **도마뱀 말기에 빠져** 있는 것 같아요.

Q. 미이 군의 몸 감촉을 비유하자면 어떤 것일까요?
제 생각에는 부드러운 쿠션 같은 느낌일 것 같아요. (요츠키 님)

만질 때 느낌은 조금 **매끈한 붕대**이고, 잡았을 때 느낌은 갓 친 떡 같은 느낌이에요.
그렇다고 늘어지는 건 아니고, **말랑말랑 부드러운**….
설명하는 게 어려우니 다음에 만져 보러 오세요.

Q. 아빠가 보내 준 것 중에서 두 번 다시 받고 싶지 않다고 생각한 게 있나요? (알렉 님)

목숨을 노리는 것 전부. 카에데 씨까지 위험에 빠뜨리게 하니까, 가능하다면
좀 차분한 소포를 보내 주면 좋겠어요. 소포를 받는 건 기분은 좋으니까, 좀 복잡하지만요.

타즈키가 답해 드려요 !!

Q. 코니(도깨비)는 뭐든지 먹지만, 가장 좋아하는 건 무엇인가요? 싫어하는 것도
같이 알려 주세요. (미이 군이 좋아하는 것은 무엇인가? 님)

가장 좋아하는 건 **말이 초밥**. 싫어하는 건 **없지** 않을까.
예전에는 카시와기네 집에 있던 개 사료도 먹었고….

Q. 코니에게는 도깨비 팬티 말고는 팬티가 없나요? (유키메 님)

없는 것 같군. 목욕할 때 매일 빨고 있긴 한데,
한 벌 더 준비하기에도 **특수한 소재**로 되어 있어서 꽤 어려운 것 같아.

Q. 타즈키의 집에 미이 군이 하루 정도 묵으면 어떻게 되나요? 타즈키가 돌봐
줘야 하는 것도 그렇고, 코니가 질투할까 궁금해요. (마소라 님)

질투는 안 하겠지. 오히려 **미이가 오는 걸 너무 좋아해서 난리**를
칠 것 같다. 우리 가족도 미이를 흥미롭게 생각할 것이고, 미이가 우리 집에
묵는다면 카시와기도 세트로 왔으면 좋겠군. 나 혼자서는 대응하기 어려우니까.

모기짱이 답해드려요 !!

. 모기짱은 힘이 엄청 세다는데,
얼마나 무거운 짐까지 들 수 있나요? (카나데 님)

 음, **옷장 정도라면 들어** 본 적이 있어!
가구 배치를 바꿀 때에는 **침대도 이동**시킬 수 있고~. 아! 그래도 자동차는 좀 힘들 것 같아!

카에데 씨가 답해 드려요 !!

. 카에데 씨는 작가 활동을 하고 있죠? 어떤 장르의 책을 쓰고 있나요? (시온 님)

 장르는 **미스터리** 쪽일까요 미스터리 소설을 좋아해서요.
가끔 에세이도 쓰고 있어요.

. 카에데 씨가 했던 요리 중 타즈키가 가장 좋아하는 것은 무엇인가요? (아스카모미지 님)

 타즈키 군은 어떨까요…. **비프 스튜**랑 **조림**을 좋아한다고 소라 군이 이야기해 준 적은
있는데요 아, 그래도 **카레는 소라 군이 해 준 걸 가장 좋아하는 것** 같아요.

3명이 답해 드립니다 !!

. 좋아하는 이성 타입이 궁금해요.

 아, 생각해 본 적이 없네….   그럴 줄 알았다. 카시와기는 **조금 손이 많이 가는
스타일을 좋아하지** 않아? 여동생 같은.

 여동생 같은 아이는 정말 **귀여워**.
타즈키는 이런 스타일 좋아하지? 조금 바보 같고 존댓말하고 연상에….

음……, 아, **공주님 안기 시켜 주는 사람**
이라든지!

 네가 하는 거냐….   허들이 좀….

모기는? 모기는 어떤 타입을 좋아하려나.

. 미이 군은 몸이 안 좋으면 흙 속에 들어가는데,
작은 용이나 꼬마 도깨비는 어떻게 해서 낫나요? (나즈키 님)

 드래곤은 절식해서 몸 상태를 낫게 한다는 이야기를
들은 적이 있어.   **절식**…?!

코니는 **도깨비**니까 역시 **약초**일까? 미이 군이 감기 들었을 때에도 가져와 줬고 말이야.

 애초에 코니는 아플 일이 없는걸.
바보는 감기 걸리지 않는다는 말도….   어이, 어이.

미이라 사육법 ③
How to keep a mummy

쇼콜라마마 님
쇼콜라마마 패밀리 여러분

아유토

콘노 씨 호리구치 씨
디자이너 님

마이 패밀리~

Yagi 님
구마마츠 씨 아이노 씨

관계자 여러분
독자 여러분

다들 응원해 주셔서 무사히 3권 나올 수 있었습니다!
언제나 정말 감사합니다.
조금씩 비밀이 밝혀지기 시작하는 3권입니다.
부디 잘 부탁드립니다!

미이라 사육법 ❸

ⓒUtsugi Kakeru/comico

1판 1쇄 인쇄 2017년 10월 25일
1판 1쇄 발행 2017년 11월 1일

지은이 | 우츠기 카케루
옮긴이 | 한국 코미코
펴낸이 | 김영곤
펴낸곳 | ㈜북이십일 아르테팝
미디어사업본부 이사 | 신우섭
미디어믹스팀 | 장선영 조한나 이상화 **책임편집** | 김미래
디자인 | 손봄코믹스 김원경 홍지은 이솔이
미디어마케팅팀 | 김한성 정지은 **해외기획팀** | 임세은 채윤지
문학영업팀 | 권장규 오서영 **제휴팀** | 류승은 **제작팀** | 이영민

출판등록 | 2000년 5월 6일 제406-2003-061호
주소 | (우10881) 경기도 파주시 회동길 201(문발동)
대표전화 | 031-955-2100 **팩스** | 031-955-2151 **이메일** | book21@book21.co.kr

(주)북이십일 경계를 허무는 콘텐츠 리더
아르테팝 채널에서 도서 정보와 다양한 영상 자료, 이벤트를 만나세요!
장강명, 요조가 진행하는 팟캐스트 말랑한 책 수다 〈책, 이게 뭐라고〉
페이스북 facebook.com/21artepop   포스트 post.naver.com/artepop
인스타그램 instagram.com/21artepop   홈페이지 arte.book21.com

ISBN 978-89-509-7237-0 04830
책값은 뒤표지에 있습니다.